단상집

0 I

김소원

너였다면

이곳에 낭만적인

이름을 붙였을까

별책부록

다만
부서지는 것들을 사랑했다

1

안녕,
나의 우울
나의 사랑
나의 전부

내 우울아, 내가 너를 호명하면 너는 그 자리에 계속 있어줄 거니, 개지 않고 아무렇게나 내버려둔 이불 동굴처럼 그 자리에 다정하게 남아 있을 거니, 밤이 되면 나를 따뜻하게 덮어줄 거니, 나를 아끼고 보듬어줄 거니, 빈틈없이 나를 감싸줄 거니,

나를 너무나도 사랑해줄 거니

2

……나는 균열의 흔적을 더듬는다

3

우울을 들이켰을 때
신맛이 났다
신맛을 절이고
절이고
절여서
레모네이드를 만들었다
레모네이드는 달고
썼다

4

한때 너무 예뻐 보였던 것들이 아무렇지 않게 보일 때
가 있다.

예쁨도 빛이 바래나. 그럼 우리는 뭘 붙잡고 있어야 하
나.

5

눈이 왔던 날

필터 없이도 세상은 하얗고 까맣다 눈이 고요하다는 말을 처음 이해했다

시끄러운 세상…… 눈을 감았다가 다시 뜨지 않았으면 좋겠다

밤새 눈이 왔다 뛰어나가서 눈을 맞고 싶었고 전화를 하고 싶었다 구경이라도 하려고 창문을 열었는데 벌레가 창틀에 붙어 있었다 공포스러웠다 문을 닫았다 인생은 그렇게 조금의 낭만과 대부분의 불안과 함께 뒹굴며 살아가는 걸까 외로웠다 외로웠다기보단 조금 공허했던 것 같다

행복을 목격하는 것은 어떨 때 따뜻함을 주고 어떨 때 비참함을 준다

새벽 한 시 반에 당신은 기숙사 바깥에서 눈사람을 만들었다고 했다 차가운 행복감이 묻어났다

6

모든 것이 이토록 아무렇지 않다는 건 놀라운 일이다

7

인생이란 너무 놀랍고
더 놀랄 일밖에 남아있는 거 같지 않다

8

열심히 살아야 하는 이유는 뭘까?

9

항상 뭔가 하고 싶었고 누군가를 닮고 싶었다 하고 있
거나 하려 하거나 하는 와중이 아닌 나는 견디기 어려웠
다

10

가지 않은 길, 가야만 하는 길, 이미 걸어온 길, 가고 싶
은 길

그 모든 길들의 무게는 내 위에 얹어졌다.

11

눅진한 시간들을 견디며

12

비는 눈보다 무겁다 비는 직선으로 떨어지고 눈은 곡선으로 떨어진다

눈은 때때로 바람을 빌려 중력을 거스른다 나는 눈이 되고 싶었다 유성처럼 진한 곡선을 그리다가도 한순간 팔락거리며 솟구치는, 손톱의 반도 되지 않는 그 싸락눈이 되고 싶었다 누군가 뻗은 손에 닿아 녹는 한낱 물 한 점이었으면 했다 눈이네, 라고 말하며 하늘을 올려다보는 사람의 눈 속에 담겨 공기를 가르다 온기에 못 이겨 사라져버리는 그런

모든 것이 끝나버리는 계절이다 네가 떠나갔던 계절이다 또 다른 누군가가 떠나가는 계절이다 내 안의 내가

죽어버리는 계절이다 그래 무수히 많은 것들이 이 소리 없음 가운데 그 한가운데서 죽어버리는 계절이다

　나는 외로울 때 당신을 만나고 싶지 않았다 가장 화사할 때 당신을 만나고 싶었다 그래서 겨울에 당신을 만나지 않았다

　빛이 눈을 가르며 내게로 떨어진다
　빛송이가 쌓인다

13

　더 이상 내 상처를 내보일 용기도 남의 상처를 긁어낼

만용도 없었다 내 낡은 칫솔은 항상 왼쪽 여린입천장만

을 스쳤다

　오늘도 피를 한 뭉텅이 씹었다

14

나는 정말, 정말로 흉내 내기를 잘하는 종류의 사람이었는데

15

당신은 빛을 어떻게 담아냈던가. 나는 빛을 먹었는데, 자꾸 자꾸 먹기만 했는데, 그래서 나는 끝내 커다란 구멍이 되었을 뿐인데, 당신이 여전히 빛나서 나는 슬펐던가, 화가 났던가, 체념했던가.

16

나는 나를 너무 많이 드러내고 있고 너를 너무 많이 알아가고 있고 그게 조금 견딜 수가 없다

17

M이 말했다.

"우리 손가락이 다섯 개라는 걸 가장 잘 아는 때는 손가락이 잘렸을 때야."

18

나는 너의 무엇이 소중했던 걸까

19

힘들다, 라고 말을 뱉으니 힘듦이 몰려오기 시작했다. 이유가 있고 힘듦이 오는 게 아니라 힘듦이 있고 이유가 온다. 언제나 가장 먼저 이상을 알리는 건 몸의 증상이다. 그게 눈물이든 두통이든 뭐든.

우울을 고백하는 게 부끄럽냐고 물으면 그렇다고 대답할 것이다. 당신이 한 번 더 묻는다면 아니라고 대답할 것이다. 한 번 더 물어보는 사람에게는 뭐든 부끄럽지 않다. 그게 상처든 기억이든 뭐든.

그래서 괜찮냐는 말은 언제나 간격을 두고 두 번이어야 한다. 아니 어쩌면 세 번, 혹은 네 번.

20

가끔 모든 걸 견딜 수가 없다는 생각을 한다
사실 무엇을 견디지 못하는 것인지는 모른다

21

뭔가를 이겨내기 위해서는 뭔가가 되어야 하는 걸까

시험이 끝났고 아직 과제가 남았다.

중간고사도 서술형이었고, 기말고사도 서술형이었고, 둘 다 할 말은 없었는데,

쓰면서 나의 생각을 전개하는 법이 달라졌다는 것을 깨달았다. S 교수님 영향이다.

강박적이지 않다는 것은 대체 무슨 말일까.

강박적이지 않은 사람이 있을까? 아니면 나와, 내 주변에 있는 사람들이 지나치게 강박적인 것일까.

강박의 기준은 개별적인 건가. 그렇다면 같은 층위의 생각과 행동도 강박이 될 수도 있고 되지 않을 수도 있는가.

심리학개론 수업에서 너무나 가볍게 강박에 대해 이야기하는 교수님의 웃음을 보며 나는 이상한 생각들을 했다.

미소가 저 자리에 어울리지 않는다는 생각. 왜, 무슨 맥락에서, 웃는 거지?

웃음. 그 사람이 웃었다. 수업을 마치고 동기를 바라보면서.

항상 뒷모습만 보다가, 웃는 모습을 봤는데 정말 환했다.

말을 건네고 싶었는데 그러지 못했다.

그 사람에 대해 아는 게 없었다.

인연이 닿으면 다시 만나겠지 라는 말은, 자기변명이다.

갑자기 몇 달 전의 기억이 났다. 오랜만에 만난 친척이 살이 쪘다고 말했다.

내가 뭐라고 대답했더라. 그냥 맞아요, 라고 말하며 웃었나. 그냥 웃고 넘겼었나.

점점 더 많은 것에 대해 예민해지고 있다는 것을 알고 있다.

어쩔 수 없다는 것도, 변하지 않을 것이라는 것도.

먹는 게 죄가 된다는 사실이 정말 끔찍하다. 모든 것을 토해내고 싶다고 생각했다.

나는 토할 용기가 없다. 말라버린 붉은 눈을 나는 들여

다본다.

　깨져버린 나의 모습을.

　모든 것은 강박이 된다. 교수님의 웃음을 바라보지 못하는 것, 연예인들의 환한 얼굴이 담긴 기사를 보지 못하는 것, 체중계의 빛나는 숫자를 바라보지 못하는 것.

　성적이 곧 나올 것이다.

　1년의 결과는 수치화될 수 없겠지만

　나는 또 수치화되겠지.

23

나의 부족과 결핍을 보완해야만 완전해질 수 있는 걸까
나의 부족과 결핍을 인정해야만 완전해질 수 있는 걸까

24

그토록 쉬운 너의 포기가 부러웠다

살아 있는 한 무언가를 해야만 한다는 사실이 고통스
럽다

행복하게 산다는 건 너무 어려운 일이다

25

살아 있기 때문에 느끼는 모든 감각들이 너무 지겹다는 생각을 할 때가 있다.

26

선득하게 흰 달이 예뻤다. 나는 나의 어림에 미쳐 밤거리를 쏘다녔다. 내가 찬 공기에 뛰지 못하는 사람이란 걸 잊고 있었다. 목이 아프고 눈이 매워서 울었다. 나는 또 뛰었다. 견딜 수가 없었다. 견딜 수가 없는 것들에 대해 너무 자주 생각하고 있다.

생각을 멈춰야 한다고 생각하는 것도 강박이다.

오늘은 저-기부터 여기까지 오는 데 일곱 번 넘어질 뻔했어. 며칠 밤을 샌 것도 아닌데 몸에 힘이 하나도 없더라. 화장도 안 하고 옷도 대강 걸쳤어. 받아야 할 짐처럼 택배는 왜 그리 무거운지. 몇 걸음 떼다 주저앉았어. 하늘 밑으로는 담쟁이덩굴이 악착같이 손아귀를 펼치고 뻗어나가고 있었지. 그 푸름이 너무도 명료해서 발등이 아팠어. 결국 삶은 살아가는 게 아니라 살아내야만 하는 걸까.

항상 떠오르던 너의 웃음이 기억나지 않았어.

28

나는 나의 행복에조차 소심해져 버린 나를 보며
이걸 누구의 탓을 해야 하나 생각했다

29

그래 대체 내가 부러워하는 게 뭐야?

착한 딸 공부 잘하는 학생 말 잘 듣는 아이 센스 있는 사람 배려심 있는 친구 책임감 있는 동료 능력 있는 사람 일머리가 있는 사람 잘 웃는 사람 이야기 잘 들어 주는 친구 공감하는 사람 예의 있는 학생 당당한 딸 멋진 딸 순종적인 딸 정직한 사람 쓸모 있는 동료 말 안 해도 마음을 아는 친구 교양 있는 사람 아는 게 많은 사람 교만하지 않은 사람 겸손한 학생 경제 관념 있는 학생 고객 센터에 전화를 걸어 따질 줄 아는 고객 진상 부리지 않는 손님 가끔 한턱 낼 줄 아는 동기 효도하는 자식 애교 있는 딸 위로를 잘하는 친구 지식과 지혜가 있는 사람 의견을 펼칠 줄 아는 사람 틀리면 인정할 줄 아는 사람 나보다 남을 위할 줄 아는 사람 예쁜 여자 마른 여대생 위트 있는 답변을 할 줄 아는 사람 적당히 음주할 수 있는 사람 놀 줄 아는 사람 무리에 낄 줄 아는 사람 할 일은 챙기는 사람 선을 넘지 않는 후배 다정다감한 선배 도움이 되는 사람 믿을 수 있는 동료 사랑스러운 사람 매력 있는 여자 집안일을 깔끔하게 해내는 여자 적당히 화장하고 꾸밀 줄 아는 여자 사치하지 않는 사람 품격 있는 사람

사회 이슈에 관심을 가진 지성인 비판적 의견을 낼 줄 아는 지식인 논리적인 사고를 하는 사람 행동할 줄 아는 사람 결단력 있는 사람 교육에 관심이 많은 사람 똑똑한 사람 단정한 사람 정갈한 옷차림을 하는 사람 경박하지 않은 사람 조용히 웃을 줄 아는 사람 소리 내어 먹지 않는 사람 수저와 물컵을 먼저 놓는 사람 인사를 깍듯이 하는 하급자 리더십 있는 상급자 유행하는 가요 몇 개와 지금 상영하는 영화는 알고 있는 사람 포용력 있는 사람 고전에 대한 상식이 있는 지식인 사회적 규범을 적당히 인정하며 적당히 반항할 줄 아는 사람 언제든 자격을 입증할 수 있는 사람 분위기를 띄울 줄 아는 사람 안 보이는 곳에서도 도덕적인 사람 늘 노력하는 사람 자기 발전을 게을리하지 않는 사람 끊임없이 배우는 학생 성실하고 한결같은 사람

이

되어야 해

31

완벽하지 않은 모습을 보이는 건 싫다. 완벽하지 않은
모습으로 있는 건 싫다. 두 문장이 내 모든 습관의 근원
이다.

32

나는 사실 알량한 자존심과 유치한 복수심을 가진 사
람이다.

33

모든 걸 알고 싶고 아무것도 알고 싶지 않았다.

34

그거 알아? 그냥 아무것도 아닌 거야. 인생이란 부조리
고 무의미고 공허인 거야. 서로는 서로의 이미지를 소비
하면서 살아갈 뿐인 거야. 네가 보고 있는 건 내가 아니
라 네 공상 속의 나인 거야.

삶이 무의미하다는 것에 대해 각주 없이 보고서를 쓴 적이 있었다.

교수님이 첨삭을 해서 돌려주셨는데 그 부분에 밑줄을 긋고 really? 라고 적어놓으셨다.

나에겐 너무 당연한 것이 반문의 대상이 될 수 있다는 것에 당황해

한참을 멍하게 있었다.

36

이대로 삶이 절단돼도 별 아쉬움은 남을 거 같지 않다.

나는 세계란 게, 순간 손을 놓으면 와르르 무너져 내리는 종류의 것인 줄 알았다. 도미노처럼 내가 뭔가 하나만 잘못 건드리면 와장창 망가지는 것. 혹은 직렬로 연결된 크리스마스트리의 불빛 같은 것. 그게 아니었다. 그냥 아주 조금씩 조금씩 균열이 가고 무너져 내리고 부식되고 있는 것이었다.

38

왜 지금의 불행은
지나간 행으로 메워질 수 없는가

39

(웃는 사진과) 우울한 표정
: 불행의 얼굴들은 어째서 매번 웃는 낯으로 찾아오는
걸까
: 왜 나는 서정적인 불행을 부러워하나

40

더 이상 나에 대해 알고 싶지도 드러내고 싶지도 않은
것 같다.

41

나는 언제쯤 날 사랑하게 될까

네가 대체 뭘 아냐고 네가 내 안 깊숙한 곳에 심어버린
열등감을 넌 알고 있냐고 웃어넘길 수 없는 것들을 포개
어 쌓고 비어져 나오지 않게 억지로 억지로 안고 후드득
떨어질까 와르륵 쏟아질까 전전긍긍하는 심정을 너는
아냐고 그래 전부 너 때문이었다 모두 너 때문이었다 이
제 나는 그 아이의 웃음을 똑바로 바라볼 자신이 없다.

43

욕을 쓰고 싶은 날도 있다 투박한 말을 지껄이고 싶은
날도 있다 인내심이 바닥나는 날도 있다 그런 날들 속에
서 내일이 아무렇지 않을 거라는 걸 듣는 것은 너무 고통
스럽다 그것이 사실인 것을 알기 때문에 더욱 그렇다 삶
이 참 시시하다 견딜 수 없게 그렇다 그게 삶의 본질이라
는 걸 나는 믿고 싶지 않아서 눈을 감는다

44

토할 것처럼 피드엔 행복한 얘기뿐이구나.

45

가끔 내 안의 무언가가 끝나

뭔가 끝났다고 느끼는데 그게 뭔지 알 수가 없어

내 세상 어딘가가 부서졌는데 내 세계의 귀퉁이가 무
너져 내렸는데 그런데 진짜 세상은 아무 변화도 없는데

나는 예전에 봉숭아 꽃물을 들였었는데

손톱에 아주 예쁘게,

백반과 함께 찧어 촘촘하게,

첫눈 올 때 첫사랑이 이뤄질 거라 믿었었는데

내 세상은 그 첫사랑이 고백했을 때 이미 끝났다

나는 손톱을 길렀고

1mm의 간격으로 바짝 잘라버렸다

46

무감한 사람이 본인이 감성적이라고 말하면 화가 난다

오늘의 나는 너무 예민하다

나는 가끔 옆 사람에게서 동떨어진 느낌을 받는다 그럴 때는 아무 말도 하지 않는다 대개 옆 사람은 그런 걸 모른다 내가 아무 말 하지 않아도 세상은 정말 잘 돌아간다 그러면 나는 정말로 동떨어진 사람이 된다 억지로 웃고 말하는 건 힘들다 나는 내 안으로 잠수한다

47

인생은 반환점을 돈 순간 모두 똑같아진다는 생각을
한다. 그런 생각을 하면 겁이 난다.

48

바빠서 좋은 점 하나는 외로움을 망각할 수 있다는 것
이다.

49

그때의 나는 위로를 관심을 동정을 구걸할 정도로 절
박했다.

50

사람 안에는 저마다 축적된 에너지가 다른 걸까 난 왜
가벼워지지 못하나

어떤 말들이 상처가 될 때가 있다. 내가 필요 이상으로 예민하다는 것도, 그 말을 한 사람이 악의가 없다는 것도 안다. 그러니까 그 사람을 탓할 수는 없는 건데, 그럴 수는 없는 건데, 그럴 수는 없는 거지만…… 그래 그럴 수는 없는 거니까. 그냥 웃고 넘어가면 될 일들. 아무렇지 않을 일들. 언제나 상처를 받은 사람은 있는데 상처를 준 사람은 없었다.

52

처음 가위에 눌렸던 날을 기억한다. 꿈을 잘 기억하는 사람은 아니지만 그 날의 꿈은 여전히 생생하게 기억에 남아 있다. 사극을 봐서인지 깨진 도자기 조각들 위에 무릎을 꿇리는, 압슬형이라는 고문을 받는 꿈이었다. 꿈속에서 자백하라고 나를 다그치는 얼굴이 클로즈업되며 나를 공포로 몰아넣었다. 포박되어 한 치도 움직일 수 없었다. 울지도 못했던 것 같다. 간신히 깨어나서 입도 벙긋 못하고 한참을 엉엉 울었던가.

말해,
말하라고,
네가 잘못했잖아,
네 잘못인 거잖아,
그러니까 어서 네 죄를 고백해,

짓지 않은 죄에 대한 고백.

가끔

현실과 꿈은 어떤 점에서는 아주 비슷하다.

화면에 나오는 사람들을 보고 너는 말했다.

재 얼굴이 재보다 못하네. 재는 지난번이랑 얼굴이 달라졌네. 재 눈은 왜 저래?

그러게, 나는 동조했다.

화장실에 가서 거울을 말끄러미 보다가

나는 먹은 걸 모두 토해냈다.

54

너의 깊이와 나의 깊이 간의 간극

55

난 언제나 자신을 사랑하는 사람을 사랑했다
: 난 한 번도 그런 적이 없었지만
: 언제나 가지지 못한 걸 원했다

56

가끔 내가 나로 존재한다는 것이 믿기지 않을 때가,
소름 끼치도록 어색하고 낯설 때가 있다.

여름은 너무 습하다. 겨울은 너무 건조하다. 이 두 문장
이 같다는 걸 이해할 수 있는 사람과 가을을 걷고 싶다고
생각했다.

말린 과일을 햇빛에 비추면서 웃을 수 있는 사람이 그
리웠다.

과일이 말라간다.

팔의 안쪽에는 점이 하나 생겼다. 가을 햇살이 따갑나
보다. 빛의 깊이가 깊나 보다.

화장실 청소를 미루고 있다. 방이 엉망이 되었다. 오랜
만에 맥주가 마시고 싶었다. 싸구려 빛깔이 나는 칵테일
을 작고 예쁘고 비싼 안주와 함께 마시고 싶었다.

모든 것을 잃어도 좋겠다고 생각했다.

책을 읽었다. 문장이 지나치게 투박해서 책을 집어 던
지고 싶었다. 바닥에 떨어진 문장들을 주웠다. 활자가 제
멋대로 방 안을 돌아다녔다.

방이 더러웠다.

아무것도 표현하지 않는 그래서 아무것도 이해할 수

없는 무질서한 언어로 이뤄진 시를 한 편 읽고 싶었다.

시를 하나 제대로 이해하기 위해서는 오 년이 걸린다는 것을 샤워를 하며 깨달았다.

따뜻한 물이 나오는 시간이 점점 길어진다.

1초, 5초, 7초, 13초

나는 홀수가 좋아.

당신이 그립다는 진부한 문장 하나를 적고 싶진 않았다. 사실 그리운 건 아무것도 없었으니까.

초코 쿠키를 사다가 와삭와삭 먹었다. 입 안이 달달한 게 싫었지만 어쩔 수 없었다. 어쩔 수 없는 것들은 많은 법이다. 달달한 디저트를 먹게 되는 건 그 때문이다.

침묵의 시간을 걸은 지 오래되었다. 목소리가 나오지 않아서 꿈에 당신을 본 걸까.

전공책을 파일로 정리하고 있었다. '노래하기'란 단어를 '노력하기'라고 썼다. 문득 나는 무서워졌다.

유년을 유리 어항 속에 가뒀다. 금붕어는 주황색이어야 한다. 금색이 아니라.

알 수 없는 글만 잔뜩 써 놓으면 시가 될 거라 믿었을 때가 있었다.

예쁜 이미지만 나열하면 소설이 될 거라 믿었을 때가 있었다.

내 옆에는 흰 수건이 걸려 있고 바람이 불었어.

흰 수건이 채 마르지 않았을 때 나는 바람을 잡았어.

바람을 잡았다고 자랑하는 내 말에 당신이 웃었어.

이런 문장들을 쓰고 싶었다.

바싹 마른 흰 수건을 얼굴에 대면 까슬까슬해. 당신은 알고 있었어?

검은 노트를 펴고 일기를 썼다.

나는 아무것도 아니라는 사실에 대해 펜으로 꾹꾹 눌러 고백했다.

그래 아무것도 아니라는 걸

나는 잘 알고 있어

가을에는 과일이 마른다는 걸

가을에는 팔 안쪽에 점이 생긴다는 걸

가을에는 싸구려 같은 것들도 그리워진다는 걸

가을에는 그리워할 것이 없다는 사실에도 그리움을

느낀다는 걸

　고급스런 취향을 가졌다고 썼지만
　사실 천박한 아름다움을 동경한 걸지도 몰라
　고딕 풍 스테인드글라스, 바로크 시대의 음악, 로코코
양식

　사실 습한 건 여름이 아니고 건조한 건 겨울이 아니야.
　당신도 알고 있었지?
　그러니까 날 만나지 못한 거지?
　아니, 그래서 날 만났던 거지?

일기 한 장

06.25.

갑자기, 진짜 너무나도 갑자기, 왜 나를 사랑했던 사람들이 내가 죽는다는 말을 그토록 싫어했는지 알게 되었다. 내가 온 마음을 다해 사랑하고 있으니, 그 사랑을 받는 너도 온 마음을 다해 행복하기를 그들은 빌고 있었던 거다.

나는 '죽고 싶다'는 말로써 그들의 진심을 모독했던 것이었다.

06.26.
오랜만에 죽고 싶다는 생각을 했다.

59

가끔 이런 글을 쓰다 보면 내가 그렇게 마냥 우울하진 않아요, 죽을 것은 아니에요, 라고 변명을 해야 한다고 느낄 때가 있다. 그러나 사실 이런 추신을 붙이는 것은 구질구질한 일이다. 우울에 대해 이야기하는 데 왜 변명이 필요한가.

60

나의 로망

"예민하고 민감한 당신의 우울을 사랑해"
"나랑 결혼할래?"

사실 아무것도 아닌 것들을
아무것도 아니라고 말하지 못한다는 게
비극일지도 모른다

당신이 나를 깨울 때까지 나는 잠을 자려고 했는데 아
니 당신이 올 때까지 아니 당신이 연락할 때까지만 난 잠
을 자려고 했는데 그런데 연락이 오질 않아서,

방바닥까지 길게 내려놓은 블라인드 커튼으로 아침은
유예되고 나는 눈 한쪽만 찡긋거리며 대체 언제 오나, 눈
을 두 쪽 다 뜨면 오지 않을 거란 사실이 명징해질 것 같
아서 침대 위로 손을 더듬거리며 시계를 찾다 관두었다.

그래 알고는 있었으나,

차단된 빛들의 세계, 창문과 커튼 사이의 세계, 그 좁
은 공간의 인력으로 나는 일어서서 비틀거리는 걸음을
걷는다 밤새 오른 열이 내리지 않아 허청인다.

커튼을 천, 천, 히, 올리면 드러나는 해방된 빛들의 세
계 속박됐던 아침은 일시에 쏟아져 내리고 나는 빛무리
에 싸여 어쩔 줄을 모르고 또 한 번 그렇게 아침이 온다

화

안

히

이

63

문 : 어디서 살고 싶나요.

답 : 우울한 햇살이 비치는 곳이라면 어디든 좋아요.

64

우리, 이대로 살아요.

너는 금을 그으며 지나갔다 네가 지나간 영역이 금처
럼 남았다 돌이킬 수 없는 것들이 있다 쨍하게 깨져버린
도자기를 바라봤던 날이 그랬다 붙인다 해도 처음과 같
지 않은 것들이 있다 나는 애초에 붙지도 않았던 것들을
애써 끌어안고만 있었다

66

Too late to die young

67

나는 항상 짧고 굵게 살고 싶다는 너의 말에 인상을 찌
푸렸었는데. 그것은 옳은 대답이었을까.

나는 나를 사랑하지는 못했지만 너를 사랑했다.
그런 말들을 듣는 것이 언제나 힘에 겨웠다.

내가 너를 사랑하고 있다는 것을 알았으면 좋겠다 이
세상에 온 마음을 다해 너를 사랑하는 한 인간이 있었고
여전히 있다는 것을 그러니 부디 그리 쉽게 생을 놓으려
하지 말기를

69

항상 죽고 싶었고 가끔 살고 싶었다
그래서 살았는지도 모른다

서울이라는 단어가 주는 낯섦에 대해 생각한다 톨게이트에서 문을 열지 않고 지나가는 하이패스의 싸늘한 속도와 함께 서울, 서울, 여기는 서울입니다, 지하철역 이름 중에 서울역이 있는 것은 이상한 일이다 그러면 서울역역이 되는 걸까 서울역이 서울을 대변할 수는 없으니까 서울 역이 아니라 서울역 역이라고 불러야 하는 걸까 나는 생각이 꼬인다.

서울에 대한 글들은 차갑다 단호하고 서늘하며 시니컬하다 왜 유독 서울에만 그런 수식어가 붙나 차가운 건 서울만이 아닌데 부산에서 대구에서 광주에서 대전에서 강원도에서 충청도에서 경상도에서 전라도에서 제주도에서 그 각지에서 올라온 사람들이 있는 서울이 차갑다면 그곳들도 다 차가운 곳인데

서울에서, 아니 서울이 아닌 곳에서 온, 당신의 온도가 차다, 라고 생각하며 그 손을 맞잡는 내 손이 오늘도 무감하다.

안부 네 개

:

오늘은 잘 지냈나요.

그곳 날씨는 어때요.

미세먼지가 많지는 않나요.

마스크를 꼭 끼고 다녀요.

미열이 날 때는 예전의 기억을 더듬는다 더듬더듬 정전된 집에 놓인 것처럼 벽을 하나하나 짚어나가며 풀려가는 온몸을 부둥켜안으며

나는 사랑받았어, 사랑받았어, 사랑받았어

그날의 기억만을 계속 떠올리려 애쓰고

기록의 도움을 받는 것도 좋아 일기나 사진을 찾아보자 당신이 예쁜 말을 했던 시절을 생각해보자

당신은 내가 감정을 휘두른다고 말했지 내 감정은 폭력적이야

당신을 멍들게 하는구나, 아 그렇구나,

그때도 그랬니? 그래서 나를 떠났니?

앞으로도 나를 떠날 거니?

나는 뭐가 무서운 걸까 뭐가 불안한 걸까 뭐가 두려운 걸까 뭐가 답답한 걸까

미열이 나면 나는 아픈 것도 아니면서 몸을 가누는 게 힘들어 축 늘어진 애처럼 목을 꺾고

글을 쓰는 것도 생각을 하는 것도 이미 쓴 것들을 정리하는 것도

다 힘에 겹다

아니 해야만 해

네가 살자고 말했었으니까

그 한 마디를 붙잡고 지금껏 나 살아오고 있으니까

괜찮다면 사랑 얘기를 써도 되겠니?

괜찮다면 너를 사랑했다고 말해도 되겠니?

73

언젠가

너무 많이 울었고 까맣던 밖이 희어지는 걸 지켜보았다 머리가 아프다

내가 사랑하는 사람들은 자꾸만 거리에다 자신의 뒷
모습을 흘렸다 나는 그들의 그림자를 줍다가 매번 길을
잃었다

다만, 내가 가장 잘 할 수 있는 일은 문장처럼 바스라
지는 것이었다

76

나는 단 한 번도 불행하지 않아서 불행했다 절실했던
적이 없었다 절실하지 않은 게 잘못이라는 말을 들었다
그래서 그렇게 미움을 받았던 걸까 그러나 나는 이미 열
한 살에 절실함을 잃었다 이미 잃은 것들은 되돌아오지
않는다 아홉 살을 더 먹으며 깨달은 건 그것뿐이다

77

그래서 스물 이후의 세계에서 나는

절실하지 않았던 것을 모아 쌓아 불을 지르고
그것을 절실함이라 부르기로 했다

그것이 거짓이어도 좋았다

78

해마다 나는 모르는 것을 하나씩 먹고 자랐다.

79

어떤 것들은 절대 다시 돌아오지 않는다. 내가 가지고 있는 몇 안 되는 깨달음 중 하나다.

어중간한 감정들은 지금쯤의 낙엽 같았다. 채 마르지
못한, 그러나 이미 생명이 끊어진.

그러므로 함부로 너, 라고 불러서는 안 되는 것들이 있는 것입니다.

너, 라고 부를 때는 언제일까요. 나는 너를, 너, 라고 부르고 있을까요. 잘 모르겠습니다. 나는 너를 너, 라고 불렀었는지.

이름으로 부르는 것과 호칭으로 부르는 것과 너, 라고 부르는 것. 너, 라는 것은 다정하지 않을 때도 쓰고 다정할 때도 씁니다.

그러니까 너, 라는 단어는 적당한 거리감을 가지고 있습니다. 너는 어때? 너는 그랬구나. 너는 어떻게 생각해? 너는 그렇게 생각하는구나.

나는 그렇게 말하고 씁니다. 너, 를 생각할 때 나는 가끔 당신, 이라고도 하고 그대, 라고도 하는데 그건 너, 보다 좀 더 낭만적이고 깊이 있는 느낌이 들기 때문입니다.

그러므로 너, 라는 단어는 조금 가볍다고도 할 수 있겠습니다.

너, 라는 단어의 가벼움은 높임의 의미가 없다는 것에

서 연유하는 것일까요. 나는 자꾸만 너, 라는 단어를 남발하고 어쩌면 그런 남용이 너, 라는 단어를 가볍게 만드는지도 모르겠다고 생각했습니다. 그러나 사실 진짜로 너, 를 가볍게 만드는 것은 너, 라는 단어가 주는 거리감 때문일지도 모릅니다. 누구야, 라고 이름을 부르는 것은 조금 어색합니다. 누구 씨, 라고 부르는 것은 너무 딱딱합니다. 그러니까 너, 라고 부릅니다. 그래도 너, 는 조금 가까운 사이입니다. 선배한테 너, 라고 말하지는 않고 초면에 너, 라고 말하지는 않고 익명의 사람에게 너, 라고 말하지는 않으니까, 그러니까 너, 는 내 눈앞에 있는 나와 나이가 같거나 혹은 어린, 사람인 겁니다.

너, 라고 부르는 데 나이가 필요하다는 것은 참으로 이상한 일입니다.

나는 아무나 너, 라고 부르고 싶은데, 왜냐하면 그리워하는 것들은 모두 너, 가 되기 마련이고 너, 라고 부르는 데 조건이 있다면 너는 너, 가 될 수 없기 때문입니다.

너가 너가 되지 못한다니. 이것은 비문입니다.

나는 너, 에 대해 쓰고 싶었는데 지금껏 너, 에 대해서는 아무것도 쓰지 못했습니다. 나는 너, 의 언저리를 뱅뱅 돌고 있습니다. 왜냐하면 나는 너, 를 그리워하는 중

이기 때문입니다. 그리워하는 너, 에 대해 쓰는 것은 겁이 납니다. 왜냐하면 누군가 너, 에 대해 물어볼 수 있기 때문입니다.

나는 너, 를 내 글 안에서 설명하면 충분합니다. 나는 너, 를 쓰는 것엔 익숙하지만 너, 를 말하는 것엔 익숙하지 않습니다. 그래서 너, 에 대해 묻는 말에는 대답하는 것이 무척이나 어렵습니다. 그러므로 나는 너, 에 대해 쓰지 말아야 할까요.

그럼에도 불구하고 나는 너, 를 사랑하기 때문에 너, 에 대해 써야 한다고 느낍니다. 너에 대해가 아니라 너, 에 대해입니다. 그러니까 나보다 나이가 적을 수도 같을 수도 많을 수도 있는 너, 에 대해 써야 한다는 뜻입니다. 내가 너를 사랑하는 순간 너는 너가 아니라 너, 가 됩니다.

그러므로 함부로 너, 라고 불러서는 안 될 것들이 있는 것입니다.

폐에 나쁜 것들이 들어차지 않게 천천히 걷습니다

15분 거리를 30분을 들여 걸었고 하늘은 흰빛이 섞인 푸른 빛 정오에서 조금 비껴 해는 중천에서 떨어졌고 보폭은 평소의 2/3

1.5배의 시간을 들여 밥을 먹고 밥알을 꼭꼭 씹고 반찬은 남기지 않습니다

옅은 색 섀도를 칠하고 마스카라는 생략 아이라인은 갈색 피부화장도 하지 않습니다

중간중간에 다른 생각이 난다면 가만히 눈을 감아주세요

반 틈의 햇빛에 비친 실반지가 반짝였고 오므린 입술 모양 눌러쓴 벙거지 모자 빔 프로젝터 불빛에 날리는 먼지를 관찰합니다

명함을 받았고 고개를 돌려 기침을 했고

마스크를 끼고 걸으면 안경이 뿌옇게 흐려집니다

중간에 다른 곳에 들르겠다는 말 한 마디를 하지 못해서

길을 전부 다 내려왔고 가고자 하던 곳엔 가지 못했고

나는 여전히 그런 사람이구나

라고 생각하고

먹고 싶다고 생각한 와플 가게를 아홉 번째로 지나치고

버스를 타는 게 무서워서 40분을 걷고

버스에 타면 늘 같은 자리에 앉습니다(왼쪽 처음으로
부터 세 번째 자리)

해가 강렬하게 떨어지며 빛나고

그럼 눈이 아파도 눈을 감지 않습니다

하루가 가고 있습니다 아무렇지 않은 하루가 놀랍게
도 지긋지긋한 하루가 내가 생존해 있는 하루가

산다는 거 왜 이렇게 구질구질하냐, 라는 문장을 적으며

지하철을 타고 돌아옵니다 같은 4호선과 같은 2호선
같은 환승 구간을 지나칩니다

그러니까,

내가 생각해봤는데 말이야,

어떻게든 살아진다는 말이 위로가 될 수 있을까?

84

나는 가끔 그런 생각을 한다.

듣고 싶은 답이 무엇인지 생각한 후 그걸 들려주는 게 더 쉬운 일이라고.

85

나는 내가 말을 얼버무리면, 더 이상 네가 물어오지 않을 것임을 안다.

86

나는 행복한 얘기들에 별 면역력이 없다.

맞아 난 뭐든 시간이 정말 많이 걸려

누군가를 알아갈 때는

그 사람의 냄새에 익숙해져야 하고 목소리가 귀에 설지 않아야 하고

그 사람의 습관과 행동과 말투를 이해해야 하고

관심사를 알아야 하고 반응의 민감도를 알아야 하고

말투와 진심 사이의 괴리는 어느 정도인지 표정은 어느 정도로 진실한지

나 외의 타인을 대할 땐 어떤 태도를 취하는지

뭘 중요하게 생각하는지 무슨 노래 무슨 날씨 무슨 색깔 무슨 책 무슨 영화를 좋아하는지

내가 말할 때 고개를 끄덕이는지 눈을 깜박이는지 나를 쳐다보는지

정말 정말 오랜 시간이 필요해 나는

오랜 시간을 들여도 한순간에 낯설어지는 사람도 있어

나는 예민해

예민하단 걸 나도 알아

그게 상처를 준다는 것도

하지만

그 시간이 필요하단 걸 이해하지 못하는 사람들은 정말 많아
그래 그런 시간이 필요 없는 사람도 있는 거겠지
그렇지만 난 그런 시간이 필요해 당신을 알아갈 시간이 또는
시간에 변해버린 당신에게 적응할 시간이
그리고 그렇게 오래오래 시간이 걸려서 알게 된 한 사람을 떠나보내는 것도
(나는 침묵한다)

그게 문제일 뿐이야 나는
그게 문제가 된다는 사실이 슬플 뿐이야 나는

이렇게 시간과 정성을 들여 오래오래 알아가고 싶은 사람을 만나고 싶어
너를 만나고 싶어

나는 나도 나를 몰라요

나는 너를 만나고 싶어요

나에게는 비누 냄새 조금이랑

존슨즈 베이비 베드타임 로션 냄새가 나요

내 목소리가 낯설다면 익숙해질 때까지 전화해도 괜찮아요

미안해요 혼자 조급해하다가 연락 뜸해져서

나의 관심사는 설탕, 커피, 케이크, 맛집, 애니메이션, 정신병리학, 과학, 가구조립, 미술관, 햄스터, 어린아이 등이에요

사실 뭐든 금방 질리고 바뀌어요

내가 중요하게 생각하는 건 글쎄요

돈이랑 깨끗한 집과 푹신한 침대와

글쎄요

나도 너를 만나면 낯설 거예요

어떻게 대해야 할지 다 몰라서

버벅거릴 거예요 그리고 최선을 다해서 조심할 거예요 그대는

연약하고 소중하니까요

한국힙합, 락, 메탈 말고는 안 가리고 들어요

축축하고 구름 많은 날씨가 좋아요

흰색 검정색을 좋아해요

최근에는 조현병에 관한 책을 읽어요

디즈니 애니메이션 또는 실사 영화를 좋아해요

말하는 사람이 누구든 눈을 맞추고

맞장구를 치고 고개를 끄덕여요

(싫은 사람이 아니라면!)

예민한 건 너의 탓이 아니에요. 너가 예민해서 나에게 상처 주지 않아요. 미안해요. 나의 무신경함이 너에게 상처 주었을 거예요. 예요가 맞는지 에요가 맞는지 나는 평생 헷갈릴 겁니다. 그대가 읽고 틀린 맞춤법에 고통스러워 하려나요.

88

나는 모든 것에 아무렇지도 않아지는 연습을 해야 해요.

스물이

생의 물기 없는 바싹 마른 나이,

라고 말하는 사람들 틈에서 나는 어리둥절했다

나는 아직 진짜 살아 있다는 게 무엇인지 모르는데

무엇이 무엇인지 아무것도 모르는데

크고 높은 웃음소리들이 무서워서 나는 너의 옷소매
를 잡고 놓지 않았다

어린애처럼

정오가 다가올수록 너의 그림자는 짧아졌다

나는 그곳에 나를 담으려 애쓰면서 너에게 기대면서
바짝바짝 붙어서면서 타들어가는 입을 축이면서 그렇게
다만 숨이 붙어 있었다

엉겨 붙는 나를 너는 다만 물끄러미 바라보기만 하면
서 내치지도 않고 끌어안지도 않고 그저 그냥 바라보고
만 있으면서 이렇게 말했다, 고저 없이

진짜 살아 있다는 거 그런 건 없어

나는 그 말에 혼란스러웠다 그림자는 점점 더 짧아지
고 드물어지고 희박해지고 공기가 가벼워지고 나는 자

꾸만 무거워져서 땀을 뻘뻘 흘리며 숨을 헐떡이고 있었
는데

　진짜 살아 있는 거 그런 건 없다고 너는 말했다

　그냥 살아 있는 거야

　다만 살아 있는 거야

　정오에,

　너는 떠났고 그 자리에는 그림자 한 줌도 없고 나는 한
낮의 열기에 목이 메었지만

　죽지 않았다

　그러나 아무도 그것을 이상하게 생각하지 않았다

　그렇게 이상한 것을 아무도 이상하게 생각하지 않았다

잡는 것보단 놓는 것이 익숙했다.

갈구하는 것보단 포기하는 것이 편했다.

나는 그래서 점점 아무것도 원하지 않게 되었다.

아무것도, 그 아무것도, 내가 이뤄낸 그 아무것도

나의 주체가 아니었다.

91

내 욕망의 불꽃은 아주 아주 작아서 지켜주고 바라봐
주지 않으면 쉽게 사그라들고 꺼져버린다

나는 나를 부수는 법을 배웠다. 당신이 웃으며 나를 칭
찬하고 쓰다듬을 때마다 나의 한구석이 조각조각 깨어
져 나갔다. 지금 잘했어, 라는 현재의 말에는 다음에도
그렇게, 라는 기약이 숨어 있었다. 완벽하지 않은 것들이
겁났다. 강박적으로 손을 씻고 당신에게 매달렸다. 당신
은 돌아온 나를 그렇게 조각했다.

당신 정말 그 칭찬이 날 위한 거였어?

93

이 죄의식과 수치심은 끝까지 나를 따라다닐 것이다.
나는 운명처럼 그것을 느꼈다.

94

내 머릿속에서 감정에 기생한 너는 금방금방 자랐다
가지치기도 소용이 없었다.

95

나는 자주자주 파랑에 빠지는데
왜인지는 나도 몰라

96

이토록 많은 지하철이 지하를 달리고 있는데
아무것도 무너지지 않는다는 것은 이상한 일이다

97

길거리엔 시체들이 즐비했다 난 외로웠다

삶은 왜 고뇌이거나 고통인 걸까

여름날 뜨거운 햇볕 아래서 운 적이 있었다

그때 나는 믿고 의지했던 당신이 내 삶으로 들어와 내 세계를 끝장내주길 바랐다

그러나 당신은 침묵했다

당신의 침묵으로 나는 어떤 일이 일어나도 내 세계가 끝장나지 않을 것임을 알았다

태양이 이글거렸는데 현기증이 날 정도로 어지러웠는데

걸음이 비틀거렸는데 살아야 한다는 사실 때문에 나는 울었다

앞으론 그런 세계밖에 없을 거라는 걸

스무 살의 여름이 지나고야 알았다

100

무섭다
올해도 아무것도 되지 못할 것만 같다

101

대체 진짜 중요한 것이란 무엇일까?

사랑받는다는 건 어려운 거에요. 사랑받기 위해 내가 아니어야 한다는 건, 당신이 원하는 내가 되어야 한다는 건. 그건 내 우울을 내 불행을 내 절망을 버려야 하는 거니까. 그건 그러니까 내 일부를 잘라낸 채로 살아야 하는 거니까.

내겐 기댈 것도 기댈 곳도 없었는데, 왜 그랬어요.

너와 너와 너와 내가 모여서 아무 말 없이 각자의 세계로 빠져듭니다. 적당히 단 밀크티를 마십니다. 나는 푹신한 의자에 기대다 꿈결처럼 어린 날의 나를 보고 화들짝 놀라 일어납니다. 아무 말이나 뱉습니다. 추운 저녁이에요. 이만 돌아갈까요?

어디로요? (내겐 돌아갈 곳도 없는데.) 내겐 웃음만 남아 있으니 나는 의미 없이 웃습니다. (다정한가요?)

103

사람들은 사실 진실에는 별 관심이 없다 사람들이 관심 있는 건 그들이 소비할 수 있는 이야기일 뿐이다

104

안다 아무리 진짜인 척해도 진짜가 될 수 없다는 것쯤은 분노하는 이유는 그뿐이다.

강박이라는 단어는 무섭다.

그 한 마디면 내 모든 행동을 병리적인 것으로 규정할 수 있다.

106

아플 때 혼자인 게 낫다는 걸 처음 느꼈다. 어디에도 털어놓을 수 없는 것들의 연속이다.

107

나는 이제 외로움이 누군가와 공유될 수 없는 감정이라는 것을 안다.

108

오늘의 꿈속에서 그는 등대의 불을 켜고
사위에 가득한 밤을 몰아보려는 듯
자꾸만 허둥댄다

109

나는 내가 아니어야만 살 수 있어

110

rest가 휴식과 남아있는 것들이라는 두 가지 의미를 동시에 지니고 있다는 것은 참 이상한 일이다. 휴식은 남겨진 것들인가. 아니면 남겨진 것들이 휴식을 주나.

111

현실은 꿈꾸다가 들려오는 병자의 기침 같은 것이다

112

오랜만에 버스를 탔어요 버스는 제 걸음보다 늦더군요 나는 당신 생각을 했어요 당신도 종종 이 시간에 버스를 탔을까요 이 지루하게 늘어지는 시간에 무엇을 했을까요 불빛이 번쩍이는군요 겨울은 해가 짧아요 그대 이 거리에서 헤매지 않길 바라요

추운 날씨에 히터 바람이 지나치게 세서 나는 숨이 막혔어요 당신 생각을 1초에 세 번은 한 것 같아요 언젠가 당신과 나란히 버스에 앉아 나는 낯선 사람에게 안기고 싶다 말했고 당신은 나라면 충분히 그럴 수 있겠다고 답한 적이 있었죠 그날 히터가 고장 난 버스는 참 추웠는데 이상하게 나는 눈이 마주칠 때마다 헤프게 웃었고 그대 표정은 기억이 나질 않네요

그러나 나 아무에게나 안기는 사람은 아니에요 그댄 안 믿어 주려나요

113

밤은

아무것도 생각할 수 없게 한다. 무력감은 압도적이다.

매일매일 똑똑해지고 싶다고 생각하는데 이유는 모르겠다. 왜 똑똑해지고 싶은 걸까. 이것도 허영심일까.

나는 여기서 내가 뭘 잘하는지 모르겠다. 다들 아무것도 잘하는 거 없는 평범성을 그냥 버티고 있는 걸까. 그래서 내가 잘하는 게 뭔 거 같냐고 물었더니 나로 있는 것이라고 했다. 그래, 그게 중요한 거지. 그 이상의 것을 바라는 것은 사치다.

그럼에도 나는 참 허영이 많은 사람인가 보다.

실패할 게 두려워서 시도조차 않는 사람들 한심하다고 생각했는데 내가 그러고 있다. 자존감에 상처 내는 게 싫은 거다. 안 되는 게 문제가 아니라, 안 됨을 맞닥뜨릴 나를 견딜 수 없는 거다.

나는 똑똑해지고 싶은 걸까 현명해지고 싶은 걸까.

115

내가 가지고 있는 온갖 편견에 대해 쓸데없이 주절대
고 싶은 날이 있는 법이다

116

어쩌면 사람들은 끝없이 무고함을 선고받고 싶어하는
지도 모른다

화가 나는 것 같다 왤까

먹는 것, 정리하는 것, 경제적인 것, 지식적인 것, 관계
적인 것,

그 어느 하나 강박 아닌 것이 없다 모든 것은 끔찍한
불안으로 나를 압도한다

언제쯤 편히 잠들 수 있을까

아냐 난 무서운 거 같아

그토록 간절하게 행복해지고 싶다.

그토록 간절하게 행복해지고 싶다.

그토록 간절하게 행복해지고 싶다.

119

"어쩌면 행복하지 않은 상태는 비자연스러운 것이 아니라, 그렇게 생각하고 그렇게 다루는 우리들이 문제일지도 모른다는 생각이 들었다"

행복하지 않음을 생각하고 다루는 것이 문제라고 할 수 있나요? 그냥 인식의 차이이고, 자신의 부족과 지향을 알게 되는 지점일 뿐이라고 생각해요. 불행과 우울의 지점들을 부정적이라고 생각하지 않았으면 좋겠어요. 행복해지려는 생각도 쉽게 행복이란 관념에 대한 집착 혹은 강박으로 변질될 수 있는 법이니까요.

답글을 달지 못했다.

120

  친구가 말해준 우울할 때 해야 하는 것들
   : 좋아하는 친구 만나기 긴 노래를 틀어놓고 빨래나 청소를 하기 전문가의 도움을 받기 원초적인 거 하기 쇼핑 맛있는 거 사 먹기 예쁜 걸 사는 데 돈 쓰기 소비하기

  도움이 됐던 것
   : 무슨 일 있었나요?

121

1년 만에 아픈 것 같다 아플 때는 자꾸 뒤를 돌아보게
된다 교수님은 우울이 과거를 돌아보는 것에서 나온다
고 했다 그러나 과거를 돌아보지 않고 사는 것은 가능한
가 우울한 나이거나 우울하지도 않고 나도 아닌 무언가
이거나로 살아갈 수밖에 없는 걸까

122

아플 땐 약을 먹겠다고 약속해요

아플 땐 나를 사랑하겠다고 약속해요

123

잘할 수 있을 거란 생각과
아무것도 할 수 없다는 생각이
교차하며 나를 찾아온다

124

요샌 외롭다는 게 뭔지 잘 모르겠다.
그냥 이렇게, 아무렇지 않게, 살아갈 수 있을 것만 같다.

125

누구의 얼굴도 떠올릴 수 없다면 외로운 거고, 누군가
의 얼굴이 떠오른다면 서러운 거다.

126

지금 드는 이 감정은 서러움이지 외로움은 아니다.

127

누구에게 연락하든, 더 외로워질 것임을 안다. 연락하
고 싶기 때문에, 언제나 연락하기 위하여, 나는 연락하지
않는다.

"좋아했다고 말할 수 있을까…… 그렇게나 무관심했는데."

누군가를 잃고 너는 말했다.

그러나 사실 모든 사람이 그렇지 않을까. 모든 사람이 좋아한다고 말하면서 얼마나 그들의 아픔을 보지 못하고 있나. 부모가 자식을 사랑한다 말하면서 그들의 상처를 모르고 있듯, 언젠가 나를 사랑한다고 말했던 그가 그랬듯, 그리고 너와 내가 그렇듯, 앞으로의 우리가 그럴 것이듯.

힘내,
이 말마저 가식이 되어버릴 것 같아서 전하지 못했다.

129

아무렇지 않은 척하고 있지만 두렵고 두렵고 두렵다.
어떻게 해야 할지 모르겠어.

130

나는 너무 일찍 거리 없음을 말하는 사람을 신뢰하지
않는다.

131

무언가가 오고 있다 무엇인지 모를 무언가가

132

힘들다 — 힘들지 않다 사이에 존재하는 그 수많은 침묵들.

그 침묵들의 손을 잡고 한낮을 건넜다.

133

비가 스콜처럼 쏟아졌다.

134

행복해진다는 거 참 어렵다.

얼마나 많은 진실들을 외면해야 행복해질 수 있을까.

135

나는 친구에게 상처를 주지 않게 전전긍긍하고 상처
를 받지 않게 전전긍긍한다. 그게 무슨 친구냐고 물으면
할 말은 없다. 그러나 애초에 친구란 그래야 하는 거 아닌
가. 격의 없음이 상처를 주고받아도 된다는 뜻은 아니다.

136

내일은 행복할 거야.

137

왜 이렇게 우울하지 왜 이렇게 네가 사랑스럽지
사랑, 사랑이라고 말하면 그것은 없던 일이 되나

138

한때는 당신의 웃음을 보기 위해서, 가 이유가 되었던
적이 있다.

139

신촌 거리를 걸으며 나는 내가 누군가와 함께였다면 더 좋겠다는 생각을 했다. 이것은 허상이다.

140

나를 모르는 곳으로 가고 싶었다. 그곳에 가봤자 내가 달라지지 못할 것임을 안다. 그럼에도 불구하고 그냥 그러고 싶은 날이 있는 법이다.

141

아직 멀쩡하지 못해.

너는 뭐야,

너는 왜 아무것도 아니니

너는 왜 아무것도 되지 않았니

너는 왜 내 세계 안에 들어와서 아무것도 아닌 채로 아무것도 아니게 머물고 있는 거니

너는 왜 대답도 없고 말도 없고 소리도 없이 존재하고 있는 거니

어떻게 해야 좋을까

차라리 무엇이었다면 좋을 너를

무엇이었다면 지울 수라도 있었을 텐데 너는 아무것도 아니라서 지워지지도 않고 무너지지도 않고 부서지지도 않고

아무것도 아니어서 아무것도 아닌 채로 견고하게 굳건하게 반듯하게

서 있는 너를

143

너무 쉬운 것들을
너라고 부르자
나는 너의 이름을 소리 내어 부르곤
울었다

144

사실 두려운 건 아무것도 없다 사실 두려운 것은 모든 것이다 이 두 문장은 같은 뜻이다 외롭다는 뜻이다 너를 그리워하고 있다는 뜻이다 아니 사실 아무도 그리워하고 있지 않다는 뜻이다

검정치마의 나랑 아니면이라는 노래를 듣고 있다
초승달의 그림자가 길었다

145

나는 가을에 벌써 봄을 두려워한다.

146

아플수록 성숙해진다는 건 사후의 위안이다.

147

당신의 이야기를 깊게 깊게 들으면서 난 무슨 생각을
하고 있었더라. 슬픔이 목까지 차올라서 할 수 있는 언
어가 없었어. 그래서 끝까지 담담한 당신 대신 내가 울
었어. 어설프게 웃는 표정을 안아주고 싶었다. 그 수많은
새벽을 새면서 당신은 시간을 어떻게 견뎠을까. 나는 더
듬거리며, 말을 건네며, 내 새벽을 떠올리며, 대체 무슨
표정을 지었더라. 할 수 있는 위로가 없어서 나는 말없이
돌아섰어. 깊이 깊이 깊이 깊이 깊이 깊이 깊이 깊이 당
신을 위로하고 싶었다.

148

있잖아, 잘 살고 있어?
그런 거 같아.
외롭진 않아?
모르겠어.

외로워?
그런 거 같아.
왜?
겨울이라서.
겨울이라서?
햇빛이 너무 차가워서.

불안하게 떨리는 너의 입술을 사랑했다.
너의 불안을 끌어안고 죽고 싶었다.

149

나에겐 더 많은 재능이 필요한 걸까
더 많은 용기가 필요한 걸까

150

죽지 말고.

응, 그래 너도 죽지 말고.

우리의 대화는 그렇게 끝났다.

0

우리는 지금 지구로 돌아가고 있습니다 살아가겠다는
뜻입니다

작가의 말

스물 언저리에 걸쳐진 시간을 헤매면서 글을 썼습니다. 글을 쓰는 내내 우울했고 행복했습니다. 세 끼를 꼬박꼬박 먹으며 살아야 한다고 생각했습니다. 이른 시간에 잠에 들어 수십 번의 새벽을 깨며 희끄무레한 창밖을 바라보았습니다. 하루는 살아있음에 감사하고 하루는 살아있음에 좌절하며 뜬 눈으로 시간을 새었습니다. 노래를 듣지 않는 나날들을 흘려보냈습니다. 일기를 공백으로 채우는 날들이 늘었습니다. 그렇게 보낸 시간의 단상들을 모았습니다.

언제나 내 곁에 있고 언제나 내 곁에 없는 당신 덕분에 글을 쓸 수 있었습니다. 감사합니다. 꾸준히 쓰겠습니다.

나의 우울이, 강박이, 혼란이, 불안이, 당신의 그것들에 닿기를 바랍니다.

앞으로 남아있는 나날들 동안, 빈 곳의 이름들을 부르며 사랑하겠습니다.

당신의 빈 곳들이 이 글들로 호명되었다면 좋겠습니다.

1월의 이른 아침

김소원

김소원 단상집 01

너였다면 이곳에 낭만적인 이름을 붙였을까

초판 1쇄 발행 2020년 7월 6일

지은이 김소원
펴낸이 차승현

펴낸곳 별책부록
출판등록 제2016-000027호
주소 서울 용산구 신흥로16길 7, 1층
전화 070-4007-6690
홈페이지 www.byeolcheck.kr
이메일 byeolcheck@gmail.com

ISBN 979-11-967322-3-3 03810